20 POEMAS DE VIDA E UM SINO QUEBRADO

20 POEMAS DE VIDA Y UNA CAMPANA ROTA

Pablo Neruda

20 POEMAS DE VIDA E UM SINO QUEBRADO

TRADUÇÃO
Affonso Romano de Sant'Anna

SÃO PAULO, 2023

global editora

ALGUMAS PALAVRAS

Em 1994, participei do centenário de Pablo Neruda fazendo a leitura de poemas e realizando conferências em várias cidades do Chile. Estive em Temuco, cidade a que ele se refere em um destes poemas.

A presença do poeta é avassaladora. Como diz o mexicano Benito Taibo:

Si te toca ser poeta chileno
en tiempos de Neruda,
la tienes irremediable,
indefectible
insoportablemente
jodida de a deveras.

Esta antologia traz um retrato do poeta e ajuda a entender sua poesia.

— AFFONSO ROMANO DE SANT'ANNA

PALABRAS PARA EL LECTOR

Pedro Sánchez

(TUNQUÉN, CHILE, JULIO DE 2016)

NERUDA ES POETA DE CONTAR Y CANTAR. Su vida es el manantial de donde bebe y su materia prima poética. Hace poesía de la experiencia propia, y de la poesía extrae vida propia. En ese vaivén nacen sus poemas y desde allí parte y comparte la verdad profunda y universal que ha descubierto. La huella de su vida lo marca a él, pero es también el camino para llegar a los demás.

Su historia comienza en 1904, cuando el niño Neftalí Ricardo nace en Parral, una pequeña ciudad ubicada en la zona del centro-sur de Chile. Es hijo de don José del Carmen Reyes y de doña Rosa Basoalto, quien muere a los pocos meses de haberlo dado a luz. El niño huérfano crece con la tristeza de no haber visto nunca a su madre, y desde muy temprano escribe poemas que reflejan su desconsuelo.

Su infancia transcurre en Temuco. El padre viudo pronto se casa de nuevo y, como ya había tenido un hijo con la nueva esposa, decide reunir en el hogar a sus vástagos dispersos: se suman entonces el pequeño Neftalí y otra hija, concebida fuera de sus matrimonios. La nueva esposa se llama Trinidad Candia Marverde, pero el niño Neftalí la llamará mamadre. Necesita suavizar la palabra 'madrastra', áspera y fría para nombrar a una mujer que para él fue solo dulzura.

Muy joven le publican sus primeros poemas en los diarios locales. El padre rechaza violentamente la idea de tener un hijo poeta, y Neftalí inventa ocultarse bajo el nombre de Pablo Neruda, para evitar reprimendas y discusiones familiares.

Hombre rudo, el padre ferroviario conduce un tren que traslada materiales para la construcción del ferrocarril destinado a unir los pequeños

PALAVRAS PARA O LEITOR

Pedro Sánchez

(TUNQUEN, CHILE, JULHO DE 2016)

NERUDA É POETA DE CONTAR E CANTAR. Sua vida é o manancial de onde bebe e também sua matéria-prima poética. Faz poesia com a própria experiência, e da poesia extrai vida própria. Nesse vai e vem, nascem seus poemas e dali parte e partilha a verdade profunda e universal que descobriu. O rumo da sua vida o marca, mas é, também, o caminho para chegar aos outros.

Sua história começa em 1904, quando o menino Neftalí Ricardo nasce em Parral, pequena cidade situada na zona do centro-sul do Chile. É filho do senhor José del Carmen Reyes e de dona Rosa Basoalto, que morre pouco depois de dar à luz. O menino órfão cresce com a tristeza de nunca ter conhecido sua mãe e desde cedo escreve poemas que refletem seu desconsolo.

Sua infância transcorre em Temuco. O pai viúvo se casa de novo e, como havia tido um filho com a nova esposa, decide reunir em sua casa os filhos dispersos: somam-se então o pequeno Neftalí e outra filha concebida fora do casamento. A nova esposa se chama Trinidad Candia Marverde, mas o menino Neftalí a chamará de *mamadre*. Necessita suavizar a palavra "madrasta", áspera e fria, para chamar a mulher que para ele foi só doçura.

Muito jovem, publica seus primeiros poemas nos diários locais. O pai recusa violentamente a ideia de ter um filho poeta, e Neftalí resolve ocultar-se sob o nome de Pablo Neruda, para evitar reprimendas e discussões familiares.

Homem rude, o pai ferroviário conduz trens que levam materiais para a construção da estrada de ferro destinada a unir os pequenos

pueblos del sur de Chile. La *mamadre* trabaja en la casa y en la panadería que la familia instala enfrente, en la misma calle donde viven. Neruda recuerda esos primeros años en los poemas con que empieza esta selección y que forman parte del libro *Memorial de Isla Negra*, donde habla de su nacimiento, del padre y de la *mamadre*. Es a ella a quien percibe como la inspiradora de su vida: asocia el apellido Candia con el noble trigo candeal, en tanto que el segundo, Marverde, le evoca el paisaje, los bosques y mares del sur de Chile.

Descubre el mar, el sexo y la poesía. Con su canto nos transmite cuánto y cómo lo marcó cada una de esas primeras experiencias en el sentir, amar y crear. Neftalí, que es además un lector empedernido, tiene la suerte de conocer a Gabriela Mistral, quien entonces dirigía un colegio de niñas en Temuco; ella reconoce en él un don para la poesía y le abre el mundo de la literatura para jóvenes.

A los diecisiete años ingresa a la Universidad de Chile, en Santiago, para estudiar pedagogía en francés. Esos siete años en la capital los vive como estudiante pobre que se rodea de otros poetas jóvenes. Se enamora de una viuda también joven y va siempre vestido de sombrero oscuro y con una capa negra, parte del elegante uniforme de los conductores de tren. Sus amigos imitan su vestimenta y andan todos vestidos «de cuervo», como él mismo dice. Bohemia, hambre y pasión caracterizan este período. Y es a esta viuda a quien escribe muchos de los poemas del libro *El hondero entusiasta*.

Tiene veinte años cuando se publican sus *Veinte poemas de amor y una canción desesperada*, libro que lo hace rápidamente conocido en todo el mundo. Con este prestigio y gracias a algunas amistades relacionadas con el mundo diplomático y de la cultura local, se acerca al sueño de todos los poetas de la época: llegar a Europa. Con veinticuatro años, es designado cónsul honorario de Chile en Rangún, Birmania, ex colonia inglesa, hoy República de la Unión de Myanmar.

Cuenta y canta su descubrimiento del mundo oriental en algunos de los poemas más desolados de su poemario *Residencia en la Tierra*, constituido por tres libros o «residencias», escritos en medio de

povoados do sul do Chile. A *mamadre* trabalha em casa e na padaria que a família instala em frente, na mesma rua onde vivem. Neruda recorda esses primeiros anos nos poemas com que começa esta seleção e que formam parte do livro *Memorial de Isla Negra*, no qual fala de seu nascimento, do pai e da *mamadre*. É a ela que elege como inspiradora de sua vida: associa o sobrenome Candia com o nobre trigo candial, enquanto o segundo – Marverde – evoca a paisagem, os bosques e mares do sul do Chile.

Descobre o mar, o sexo e a poesia. Com seu canto nos transmite o quanto e como o marcou cada uma dessas primeiras experiências na maneira de sentir, amar e criar. Neftalí, que além disso é um leitor compulsivo, teve a sorte de conhecer Gabriela Mistral, que naquela época dirigia um colégio de meninas em Temuco. Ela reconhece nele o dom para a poesia e lhe abre o mundo da literatura para jovens.

Aos desessete anos ingressa na Universidade do Chile, em Santiago, para estudar pedadogia em francês. Vive esses sete anos na capital como estudante pobre rodeado de outros poetas jovens. Começa a namorar uma viúva também jovem e circula sempre vestido com um chapéu escuro e uma capa negra, parte do elegante uniforme dos condutores de trem. Seus amigos imitam seus trajes e andam todos vestidos "de corvos", como ele mesmo diz. Boemia, fome e paixão caracterizam esse período. E é para essa viúva que escreve muitos dos poemas do livro *El hondero entusiasta* (*O soldado entusiasta*).

Tem vinte anos quando publica seus *Veinte poemas de amor y una canción desesperada* (*Vinte poemas de amor e uma canção desesperada*), livro que o torna rapidamente conhecido em todo o mundo. Com esse prestígio e graças a algumas amizades relacionadas com o mundo diplomático e a cultura local, aproxima-se do sonho de todo poeta da época: chegar à Europa. Com 24 anos é designado cônsul honorário do Chile em Rangoon, Birmânia, ex-colônia inglesa, hoje República da União de Mianmar.

Conta e canta seu descobrimento do mundo oriental em alguns dos poemas mais desolados da sua coletânea *Residencia en la Tierra* (*Residência na Terra*), constituída por três livros ou "residências", escritos em meio

la tristeza, el olvido y la melancolía. Está solo, el sueldo es mínimo, todo es ajeno, todo lo asombra. Busca refugio en el amor y se va a vivir con Jossie Bliss, una mujer de la calle que lo acoge con pasión, hasta que los celos la transforman en una amenaza letal. Escapa, y le dedica el poema «Tango del viudo», una carta de despedida con los ingredientes trágicos, las recriminaciones, las dudas y la nostalgia de todo tango.

Los años siguientes son una vorágine de viajes, trabajo, mundos nuevos, descubrimientos y encuentros. Traba estrecha relación de amistad con artistas de todas partes. En Buenos Aires conoce, entre muchos otros, a Federico García Lorca, a Rafael Alberti y a Raúl González Tuñón, amigos a quienes reencuentra años más tarde en Madrid cuando, sumido en la terrible experiencia de la Guerra Civil española, es testigo muy cercano de la persecución de artistas e intelectuales bajo el lema franquista *¡Muerte al intelecto!* Los poetas de la llamada Generación del 27 publican sus poemas en diversas revistas y panfletos, apoyando a la República. Neruda participa activamente dirigiendo publicaciones como la revista *Caballo verde para la poesía.* El fascismo arrasa con vidas inocentes, bombardeando desde el aire poblaciones civiles: Guernica queda inmortalizada en la obra de Picasso; su «hermano», Federico García Lorca, es asesinado en Granada: su cuerpo sigue desaparecido hasta hoy. La brutalidad de la guerra afecta tan profunda y directamente al poeta, que le cambia la vida y, con ello, su poesía.

Desde entonces Neruda asume la causa de los más débiles y su poesía es política y cercana a los ideales del comunismo, opción que le granjeará detractores y enemigos hasta nuestros días. Los nombres y las circunstancias que describe en «Explico algunas cosas», uno de los poemas de su libro *España en el corazón*, es una narración de este doloroso umbral, en que su palabra y sus actos se abren para incluir otra dimensión de su sensibilidad, la social.

Consecuencia de este tiempo y de este cambio es su cruzada por traer a Chile el barco *Winnipeg* con más de dos mil refugiados españoles: ellos y su descendencia constituirán hasta hoy un aporte fundamental a la cultura chilena.

à tristeza, ao esquecimento e à melancolia. Está sozinho, o salário é mínimo, tudo é alheio, tudo o assombra. Busca refúgio no amor e vai viver com Jossie Bliss, uma meretriz que o acolhe com paixão até que o ciúme a transforma em ameaça letal. Escapa e lhe dedica o poema "Tango del viudo" ("Tango do viúvo"), uma carta de despedida com os ingredientes trágicos, as recriminações, as dúvidas e a nostalgia de todo tango.

Os anos seguintes são um rodamoinho de viagens, trabalho, mundos novos, descobrimentos e encontros. Trava estreita relação de amizade com artistas de toda parte. Em Buenos Aires conhece, entre muitos, Federico García Lorca, Rafael Alberti e Raúl González Tuñón, amigos que reencontra mais tarde em Madri, quando, imerso na terrível experiência da Guerra Civil Espanhola, testemunha de perto a perseguição de artistas e intelectuais sob o lema franquista *¡Muerte al intelecto!*. Os poetas da chamada Geração de 27 publicam seus poemas em diversas revistas e panfletos, apoiando a República. Neruda participa ativamente, dirigindo publicações como a revista *Caballo Verde para la poesía* (*Cavalo verde para a poesia*). O fascismo arrasa vidas inocentes, bombardeando populações civis pelo ar: Guernica fica imortalizada na obra de Picasso; seu "irmão" Federico García Lorca é assassinado em Granada: o corpo continua desaparecido até hoje. A brutalidade da guerra afeta de maneira tão profunda e direta o poeta que muda a sua vida e, com isso, sua poesia.

A partir daí, Neruda assume a causa dos mais fracos e sua poesia torna-se política e próxima aos ideais do comunismo, opção que lhe atrairá caluniadores e inimigos até hoje. Os nomes e as circunstâncias que descreve em "Explico algunas cosas" ("Explico algumas coisas"), um dos poemas de seu livro *España en el corazón* (Espanha no coração), são uma narrativa dessa dolorosa passagem, em que sua palavra e seus atos se abrem para incluir outra dimensão de sua sensibilidade, o aspecto social.

Consequência desse tempo e dessa mudança é sua cruzada para trazer ao Chile o barco *Winnipeg*, com mais de dois mil refugiados espanhóis; eles e sua descendência constituem até hoje uma contribuição fundamental à cultura chilena.

Neruda llega a la madurez con muchas vidas ya vividas y comienza a escribir el *Canto general*. Simultáneamente se integra en la política chilena y es elegido senador de la República por la zona norte, con el apoyo del Partido Comunista. Lleva su poesía de compromiso a los mineros, a quienes representa en el Senado; denuncia las condiciones de miseria y explotación en que viven; acusa la corrupción de los políticos comprados por las compañías mineras para enmascarar los crímenes y abusos cometidos contra los sin voz; lucha por la dignidad y los derechos de la mujer chilena, desposeída de voz y voto en la vida nacional.

La política es otra de las vidas de Neruda, quizá la menos conocida pero la más atacada; está intensamente poblada de compromisos, de riesgos y de acciones. En esta etapa sufre la persecución de sus enemigos políticos, entre ellos el entonces presidente de la República, quien declara fuera de la ley al Partido Comunista, del que Neruda ya es militante: pasa a la clandestinidad, huye por la cordillera de los Andes a la Argentina y vuelve a Europa, donde es aclamado y transformado en un símbolo de la lucha obrera en el mundo. Años más tarde, los crímenes de algunos de sus antiguos héroes, como Stalin y Mao Tse Tung, que con el tiempo quedan al descubierto, le pesan como una carga difícil de soportar, y su poesía lo refleja claramente:

Cuando supimos y sangramos
descubriendo tristeza y muerte
bajo la nieve en la pradera
descansamos de su retrato
y respiramos sin sus ojos
que amamantaron tanto miedo.

Han pasado los años y en plena madurez, el poeta encuentra una forma de reconciliarse con el mundo cultivando un especial sentido del humor, que no solo aplica contra los que se declaran sus enemigos, sino también cuando se mira a sí mismo. Un antecedente de este sentido del humor aparece temprano en su obra y se puede apreciar en el poema «Muchos somos», incluido en su libro *Estravagario*.

Neruda chega à maturidade de suas muitas vidas já vividas e começa a escrever *Canto Geral*. Simultaneamente se integra na política chilena e é eleito senador da República pela zona norte, com o apoio do Partido Comunista. Leva sua poesia de compromisso aos mineiros, que representa no Senado; denuncia as condições de miséria e exploração em que vivem; acusa a corrupção dos políticos comprados pelas companhias mineradoras para mascarar os crimes e abusos cometidos contra os sem voz; luta pela dignidade e pelos direitos da mulher chilena, despossuída de voz e de voto na vida nacional.

A política é outra das vidas de Neruda, talvez a menos conhecida, mas a mais atacada; está intensamente povoada de compromissos, de riscos e de ações. Nesta etapa, sofre a perseguição de seus inimigos políticos, entre eles o então presidente da República, que declara fora da lei o Partido Comunista, do qual Neruda é militante: passa à clandestinidade, foge pela cordilheira dos Andes para a Argentina e volta à Europa, onde é aclamado e transformado em símbolo da luta operária no mundo. Anos mais tarde, os crimes de alguns de seus antigos heróis, como Stalin e Mao Tsé-Tung, descobertos com o passar do tempo, tornam-se para ele carga pesada, difícil de suportar, e sua poesia reflete isso claramente:

Quando soubemos e sangramos
descobrindo tristeza e morte
sob a neve na pradaria
descansamos de seu retrato
e respiramos sem seus olhos
que amamentaram tanto medo.

Passaram os anos e, em plena maturidade, o poeta encontra uma forma de reconciliar-se com o mundo cultivando um especial senso de humor, que não só aplica contra os que se declaram seus inimigos, mas também quando se refere a si mesmo. Um antecedente deste senso de humor aparece cedo em sua obra e pode ser apreciado no poema "Muchos somos" ("Somos muitos"), incluído em seu livro *Estravagario*.

17 🪶 20 POEMAS DE VIDA E UM SINO QUEBRADO

Aunque se salta la línea de tiempo que guía esta selección, el poema ilustra una faceta importante de su personalidad.

El poema «Pleno octubre», escrito cerca de los sesenta años, pareciera un verdadero balance (recurriendo a su propia ironía podríamos tildarlo de «contable»), en que nos deja en claro cuál ha sido el verdadero sentido de su vida y el porqué de sus actos: «no se trató de palma o de partido», dice.

Los últimos textos escogidos para esta «antología caprichosa» incluyen algunos poemas de amor, dos de los cuales pertenecen al libro *Los versos del capitán*, dedicado a la mujer que fue su última compañera, Matilde Urrutia. La excepción es el poema «En pleno mes de junio», en que nos confiesa un amor que «le sucede» en ese mes, es decir, en el invierno de su vida, que es también el invierno de nuestro hemisferio austral.

Llega el año 1970. Salvador Allende es elegido presidente de Chile y designa a Pablo Neruda embajador de Chile en Francia. Un año más tarde, el poeta recibe el Premio Nobel de Literatura. Chile toca el cielo con las manos: el futuro político parece una promesa cercana y sus letras han sido reconocidas con un segundo Premio Nobel, tras el de Gabriela Mistral.

Poco después llega oficialmente la mala noticia: un cáncer aqueja al poeta, quien decide regresar para morir en Chile. El fin está próximo y así lo presiente en el poema que titula «Final», también dedicado a Matilde Urrutia. Aunque es un relato vívido escrito en el estado de confusión que producen los calmantes, el poeta descubre y maneja la materia poética de esa experiencia con una lucidez sorprendente, conmovedora.

Es esa misma lucidez la que se refleja en «Esta campana rota», poema de despedida y de reconocimiento de la muerte cercana. Es también un poema de amor trágico entre dos amantes –el poeta y su musa, la Poesía– que captura la esencia misma del drama clásico de amor, en que los amantes mueren juntos. A muchos lectores de Neruda, como a mí mismo, «Esta campana rota» nos induce a evocar «Los amantes mariposa», leyenda china en la cual los amantes se convierten, al morir, en dos mariposas que emprenden juntas el vuelo.

Embora fugindo à linha do tempo que guia esta seleção, o poema ilustra uma faceta importante de sua personalidade.

O poema "Pleno outubro", escrito quando se aproximava dos sessenta anos, pareceria um verdadeiro balanço (recorrendo à sua própria ironia poderíamos chamá-lo de "contador"), em que deixa claro qual foi o verdadeiro sentido de sua vida e o porquê de seus atos: "no se trató de palma o de partido" ("não se tratou de aplauso ou de partido").

Os últimos textos escolhidos para esta "antologia singular" incluem alguns poemas de amor, dois dos quais pertencem ao livro *Los versos del capitán* (*Os versos do capitão*), dedicados à mulher que foi sua última companheira, Matilde Urrutia. A exceção é o poema "En pleno mes de junio" ("Em pleno mês de junho"), no qual confessa um amor que acontece neste mês, quer dizer, no inverno da sua vida, que é também o inverno de nosso hemisfério sul.

Chega o ano de 1970. Salvador Allende é eleito presidente do Chile e designa Pablo Neruda embaixador do Chile na França. Um ano mais tarde, o poeta recebe o Prêmio Nobel de Literatura. Chile vai ao delírio: o futuro político parece uma promessa próxima e as suas letras foram reconhecidas com um segundo Prêmio Nobel, depois do de Gabriela Mistral.

Pouco depois chega a má noticia: um câncer ataca o poeta, que decide voltar para morrer no Chile. O fim está próximo e assim o pressente no poema que intitula "Final", também dedicado a Matilde Urrutia. Embora seja um relato escrito no estado de confusão mental que produzem os calmantes, o poeta descobre e maneja a matéria poética dessa experiência com uma lucidez surpreendente, comovedora.

Essa mesma lucidez se reflete em "Esta campana rota" ("Este sino quebrado"), poema de despedida e reconhecimento da morte que se aproxima. É também um poema de amor trágico entre dois amantes – o poeta e sua musa, a Poesia – que captura a essência do drama clássico de amor, em que os amantes morrem juntos. Para muitos leitores de Neruda, como para mim mesmo, "Esta campana rota" evoca "Los amantes mariposa" ("Os amantes borboleta"), lenda chinesa na qual os amantes se convertem, ao morrer, em duas borboletas que empreendem juntas o voo.

En estas palabras para el lector, es mi intención invitarlos a conocer a un Neruda al que me he aproximado, leyendo su poesía desde hace muchos años, diciendo su poesía durante otros tantos, a solas y en silencio, o en voz alta ante muchas personas, en muchos lugares de Chile y en otros países. He querido compartir con el lector esa huella que he rastreado, porque es la huella que le fue dejando la vida en su poesía. Me atrevo a proponer esta huella como el camino que nos lleve hasta la fuente misteriosa de su creación. Y siempre con él, lo cito:

Si cada día cae
dentro de cada noche
hay un pozo
donde la claridad está encerrada.

Hay que sentarse a la orilla
del pozo de la sombra
y pescar luz caída
con paciencia.

("EL MAR Y LAS CAMPANAS", 1971-1973)

Com estas palavras para o leitor, tenho a intenção de convidá-los a conhecer um Neruda do qual me aproximei lendo sua poesia há muitos anos, dizendo sua poesia durante outros tantos, a sós em silêncio ou em voz alta entre muitas pessoas, em muitos lugares do Chile e em outros países. Quis dividir com o leitor essa marca que rastreei, porque é a marca que a vida foi deixando em sua poesia. Atrevo-me a propor esta marca como o caminho que nos leva até a fonte misteriosa de sua criação. E, sempre com ele, o cito:

Se cada dia cai
dentro de cada noite
há um poço
onde a claridade está encerrada.

Há que sentar-se na margem
do poço da sombra
e pescar luz caída
com paciência.

"EL MAR Y LAS CAMPANAS" ("O MAR E OS SINOS"), 1971-1973

ÍNDICE

NIÑEZ

26 Nacimiento
32 La mamadre
36 El padre
42 El sexo
50 El primer mar
54 La poesía

JUVENTUD

60 La pensión de la calle Maruri
62 Poema 6
64 Primeros viajes
68 El opio en el este
72 Entierro en el este
74 Rangoon, 1927
80 Tango del viudo

MADUREZ

86 Explico algunas cosas
92 Muchos somos
96 Pleno octubre
100 En pleno mes de junio
102 En ti la tierra
104 El alfarero
106 Final

108 (Esta campana rota)

SUMÁRIO

INFÂNCIA
27   Nascimento
33   A mamadre
37   O pai
43   O sexo
51   O primeiro mar
55   A poesia

JUVENTUDE
61   A pensão da rua Maruri
63   Poema 6
65   Primeiras viagens
69   O ópio no leste
73   Enterro no leste
75   Rangoon, 1927
81   Tango do viúvo

MATURIDADE
87   Explico algumas coisas
93   Somos muitos
97   Pleno outubro
101   Em pleno mês de junho
103   Em ti a terra
105   O oleiro
107   Final

109   (Este sino quebrado)

NIÑEZ

INFÂNCIA

NACIMIENTO

Nació un hombre
entre muchos
que nacieron,
vivió entre muchos hombres
que vivieron,
y esto no tiene historia
sino tierra,
tierra central de Chile, donde
las viñas encresparon sus cabelleras verdes,
la uva se alimenta de la luz,
el vino nace de los pies del pueblo.

Parral se llama el sitio
del que nació
en invierno.

Ya no existen
la casa ni la calle:
soltó la cordillera
sus caballos,
se acumuló
el profundo
poderío,
brincaron las montañas
y cayó el pueblo
envuelto
en terremoto.
Y así muros de adobe,
retratos en los muros,

NASCIMENTO

Um homem nasceu
entre tantos
que nasceram,
viveu entre muitos homens
que viveram,
e isto não tem história
só a terra,
terra central do Chile, onde
as vinhas encresparam suas verdes cabeleiras,
a uva se alimenta da luz,
o vinho nasce dos pés do povo.

Parral se chama o lugar
daquele que nasceu
no inverno.

Já não existem
nem a casa nem a rua:
soltou a cordilheira
seus cavalos,
acumulou-se
o profundo
poderio,
saltaram as montanhas
e caiu o povo
envolto
em terremoto.
E assim os muros de adobe,
retratos nos muros,

muebles desvencijados
en las salas oscuras,
silencio entrecortado por las moscas,
todo volvió
a ser polvo:
solo algunos guardamos
forma y sangre,
solo algunos, y el vino.

Siguió el vino viviendo,
subiendo hasta las uvas
desgranadas
por el otoño
errante,
bajó a lagares sordos,
a barricas
que se tiñeron con su suave sangre,
y allí bajo el espanto
de la tierra terrible
siguió desnudo y vivo.

Yo no tengo memoria
del paisaje ni tiempo,
ni rostros, ni figuras,
solo el polvo impalpable,
la cola del verano
y el cementerio en donde
me llevaron
a ver entre las tumbas
el sueño de mi madre.
Y como nunca vi
su cara
la llamé entre los muertos, para verla,

móveis desconjuntados
nas salas escuras,
silêncio entrecortado pelas moscas,
tudo tornou
a ser pó:
só alguns guardamos
forma e sangue,
só alguns, e o vinho.

Seguiu o vinho vivendo,
subindo até as uvas
debulhadas
pelo outono
errante,
baixou a lagares surdos,
a barricas
que se tingiram com seu suave sangue,
e ali sob o espanto
da terra terrível
continuou desnudo e vivo.

Eu não tenho memória
da paisagem nem do tempo,
nem rostos nem figuras,
só a poeira impalpável,
a cauda do verão
e o cemitério onde
me levaram
para ver entre as tumbas
o sono de minha mãe.
E como eu nunca vi
sua cara
a chamei entre os mortos, para vê-la,

pero como los otros enterrados,
no sabe, no oye, no contestó nada,
y allí se quedó sola, sin su hijo,
huraña y evasiva
entre las sombras.
Y de allí soy, de aquel
Parral de tierra temblorosa,
tierra cargada de uvas
que nacieron
desde mi madre muerta.

mas como os outros enterrados,
não sabe, não ouve, nada me respondeu,
e ali ficou sozinha, sem seu filho,
esquiva e evasiva
entre as sombras.
E dali sou, daquele
Parral de terra estremecida,
terra carregada de uvas
que nasceram
de minha mãe morta.

LA MAMADRE

La mamadre viene por ahí,
con zuecos de madera. Anoche
sopló el viento del polo, se rompieron
los tejados, se cayeron
los muros y los puentes,
aulló la noche entera con sus pumas,
y ahora, en la mañana
de sol helado, llega
mi mamadre, doña
Trinidad Marverde,
dulce como la tímida frescura
del sol en las regiones tempestuosas,
lamparita
menuda y apagándose,
encendiéndose
para que todos vean el camino.

Oh dulce mamadre
–nunca pude
decir madrastra–,
ahora
mi boca tiembla para definirte,
porque apenas
abrí el entendimiento
vi la bondad vestida de pobre trapo oscuro
la santidad más útil:
la del agua y la harina,
y eso fuiste: la vida te hizo pan
y allí te consumimos,

A MAMADRE

A mamadre vem por aí,
com tamancos de madeira. De noite
soprou o vento do polo, rebentaram
os telhados, caíram
os muros e as pontes,
uivou a noite inteira com seus pumas,
e agora, na manhã
de sol gelado, chega
minha mamadre, dona
Trinidad Marverde,
doce como o tímido frescor
do sol nas regiões tempestuosas,
lamparina
pequena e apagando-se,
acendendo-se
para que todos vejam o caminho.

Oh, doce mamadre
– nunca pude
dizer madrasta –,
agora
minha boca treme para definir-te,
porque apenas
abri o entendimento
vi a bondade vestida de pobre trapo escuro
a santidade mais útil:
da água e da farinha,
e isto fostes: a vida te fez pão
e ali te consumimos,

invierno largo a invierno desolado
con las goteras dentro
de la casa
y tu humildad ubicua
desgranando
el áspero cereal de la pobreza
como si hubieras ido repartiendo
un río de diamantes.

Ay, mamá, cómo pude
vivir sin recordarte
cada minuto mío?

No es posible. Yo llevo
tu Marverde en mi sangre,
el apellido del pan que se reparte,
de aquellas
dulces manos
que cortaron del saco de la harina
los calzoncillos de mi infancia,
de la que cocinó, planchó, lavó,
sembró, calmó la fiebre,
y cuando todo estuvo hecho,
y ya podía
yo sostenerme con los pies seguros,
se fue, cumplida, oscura,
al pequeño ataúd
donde por vez primera estuvo ociosa
bajo la dura lluvia de Temuco.

inverno imenso e inverno desolado
com goteiras dentro
de casa
e tua humildade ubíqua
debulhando
o áspero cereal da pobreza
como se estivesses repartindo
um rio de diamantes.

Ah, mamãe, como pude
viver sem recordar-te
cada minuto meu?

Não é possível. Eu levo
o teu Marverde no meu sangue,
o nome do pão que se reparte,
daquelas
doces mãos
que cortaram do saco de farinha
as cuecas da minha infância,
da que cozinhou, passou, lavou,
semeou, acalmou a febre,
e quando tudo estava feito
e eu já podia
manter-me com os pés seguros,
se foi, gentil, escura,
ao pequeno ataúde
onde pela primeira vez esteve ociosa
sob a dura chuva de Temuco.

EL PADRE

El padre brusco vuelve
de sus trenes:
reconocimos
en la noche
el pito
de la locomotora
perforando la lluvia
con un aullido errante,
un lamento nocturno,
y luego
la puerta que temblaba:
el viento en una ráfaga
entraba con mi padre
y entre las dos pisadas
y presiones,
la casa
se sacudía,
las puertas assustadas
se golpeaban con seco
disparo de pistolas,
las escalas gemían
y una alta voz
recriminaba, hostil,
mientras la tempestuosa
sombra, la lluvia como catarata
despeñada en los techos
ahogaba poco a poco
el mundo

O PAI

O pai brusco retorna
de seus trens:
reconhecemos
na noite
o apito
da locomotiva
perfurando a chuva
como um uivo errante,
um lamento noturno,
e logo
a porta que tremia:
a lufada de vento
entrava com meu pai
e entre as duas pisadas
e pressões,
a casa
sacudia,
as portas assustadas
batiam em seco
disparo de pistolas,
as escadas gemiam
e uma voz alta
recriminava, hostil,
enquanto a tempestuosa
sombra, a chuva como catarata
despencava nos tetos
afogava pouco a pouco
o mundo

y no se oía nada más que el viento
peleando con la lluvia.

Sin embargo, era diurno.
Capitán de su tren, del alba fría,
y apenas despuntaba
el vago sol, allí estaba su barba,
sus banderas
verdes y rojas, listos los faroles,
el carbón de la máquina en su infierno,
la Estación con los trenes en la bruma
y su deber hacia la geografía.

El ferroviario es marinero en tierra
y en los pequeños puertos sin marina
–pueblos del bosque– el tren corre que corre
desenfrenando la naturaleza,
cumpliendo su navegación terrestre.

Cuando descansa el largo tren
se juntan los amigos,
entran, se abren las puertas de mi infancia,
la mesa se sacude,
al golpe de una mano ferroviaria
chocan los gruesos vasos del hermano
y destella
el fulgor
de los ojos del vino.

Mi pobre padre duro
allí estaba, en el eje de la vida,
la viril amistad, la copa llena.
Su vida fue una rápida milicia

e não se ouvia nada mais que o vento
lutando contra a chuva.

Entretanto, era diurno.
Capitão do seu trem, da madrugada fria,
apenas despontava
o vago sol, ali estava sua barba,
suas bandeiras
verdes e vermelhas, prontos os faróis,
o carvão da máquina em seu inferno,
a Estação com os trens na bruma
e seu dever com a geografia.

O ferroviário é marinheiro em terra
e nos pequenos portos sem marina
– povos do bosque – o trem corre que corre
desenfreando a natureza,
cumprindo sua navegação terrestre.

Quando descansa o longo trem
se juntam os amigos,
entram, abrem-se as portas da minha infância,
a mesa se sacode,
ao golpe de uma mão ferroviária
chocam-se os grossos copos do irmão
e brilha
o fulgor
dos olhos do vinho.

Meu pobre pai duro
ali estava, no eixo da vida,
a viril amizade, a taça cheia.
Sua vida foi uma rápida milícia

y entre su madrugar y sus caminos,
entre llegar para salir corriendo,
un día con más lluvia que otros días
el conductor José del Carmen Reyes
subió al tren de la muerte y hasta ahora no ha vuelto.

e entre seu madrugar e seus caminhos,
entre chegar para sair correndo,
um dia com mais chuva que outros dias
o condutor José del Carmen Reyes
subiu no trem da morte e até agora não voltou.

EL SEXO

La puerta en el crepúsculo,
en verano.
Las últimas carretas
de los indios,
una luz indecisa
y el humo
de la selva quemada
que llega hasta las calles
con los aromas rojos,
la ceniza del incendio distante.

Yo, enlutado,
severo,
ausente,
con pantalones cortos,
piernas flacas,
rodillas
y ojos que buscan
súbitos tesoros,
Rosita y Josefina
al otro lado
de la calle,
llenas de dientes y ojos,
llenas de luz y con voz como pequeñas
guitarras escondidas
que me llaman.
Y yo crucé
la calle, el desvarío,
temeroso,

O SEXO

A porta no crepúsculo,
no verão.
As últimas carroças
dos índios,
uma luz indecisa
e a fumaça
da selva queimada
que chega até as ruas
com seus aromas vermelhos,
a cinza do incêndio distante.

Eu, enlutado,
severo,
ausente,
de calças curtas,
pernas finas,
joelhos
e olhos que buscam
súbitos tesouros,
Rosita e Josefina
do outro lado
da rua,
cheias de dentes e olhos,
cheias de luz e com voz como pequenos
violões escondidos
que me chamam.
E eu cruzei
a rua, o desvario,
temeroso,

y apenas
llegué
me susurraron,
me tomaron las manos,
me taparon los ojos
y corrieron conmigo,
con mi inocencia
a la Panadería.

Silencio de mesones, grave
casa del pan, deshabitada,
y allí las dos
y yo su prisioneiro
en manos de
la primera Rosita,
la última Josefina.

Quisieron
desvestirme,
me fugué, tembloroso,
y no podía
correr, mis piernas
no podían
llevarme. Entonces
las
fascinadoras
produjeron
ante mi vista
un milagro:
un minúsculo
nido
de avecilla salvaje
con cinco huevecitos,

e assim que
cheguei
me sussurraram,
me tomaram as mãos,
me taparam os olhos
e correram comigo,
com a minha inocência
à Padaria.

Silêncio de refeitório, grave
casa do pão, desabitada,
e ali as duas
e eu seu prisioneiro
nas mãos
da primeira Rosita,
da última Josefina.

Quiseram
tirar-me a roupa,
fugi, trêmulo,
e não podia
correr, minhas pernas
não podiam
levar-me. Então
as
sedutoras
produziram
aos meus olhos
um milagre:
um minúsculo
ninho
de avezinha selvagem
com cinco ovinhos,

con cinco uvas blancas,
un pequeño
racimo
de la vida del bosque,
y yo estiré
la mano,
mientras
trajinaban mi ropa,
me tocaban,
examinaban con sus grandes ojos
su primer hombrecito.

Pasos pesados, toses,
mi padre que llegaba
con extraños,
y corrimos
al fondo y a la sombra
las dos piratas
y yo su prisionero,
amontonados
entre las telarañas, apretados
bajo un mesón, temblando,
mientras el milagro,
el nido
de los huevecitos celestes
cayó y luego los pies de los intrusos
demolieron fragancia y estructura.

Pero, con las dos niñas
en la sombra
y el miedo,
entre el olor de la harina,
los pasos espectrales,

com cinco uvas brancas,
um pequeno
cacho
da vida do bosque,
e eu estirei
a mão,
enquanto
tiravam minha roupa,
me tocavam,
examinavam com seus grandes olhos
seu primeiro homenzinho.

Passos pesados, tosses,
meu pai que chegava
com estranhos,
e corremos
para o fundo e à sombra
e as duas piratas
e eu seu prisioneiro,
amontoados
entre as teias de aranha, apertados
debaixo de um balcão, tremendo,
enquanto o milagre,
o ninho
dos ovinhos celestes
caiu e logo os pés dos intrusos
demoliram fragrância e estrutura.

Mas, com as duas meninas
na sombra
e o medo,
entre o cheiro da farinha,
os passos espectrais,

la tarde que se convertía en sombra,
yo sentí que cambiaba
algo
en mi sangre
y que subía a mi boca,
a mis manos,
una eléctrica
flor,
la
flor
hambrienta
y pura
del deseo.

a tarde que se convertia em sombra,
eu senti que mudava
algo
em meu sangue
e que subia à minha boca,
às minhas mãos,
uma elétrica
flor,
a
flor
faminta
e pura
do desejo.

EL PRIMER MAR

Descubrí el mar. Salía de Carahue
el Cautín a su desembocadura
y en los barcos de rueda comenzaron
los sueños y la vida a detenerme,
a dejar su pregunta en mis pestañas.

Delgado niño o pájaro,
solitario escolar o pez sombrío
iba solo en la proa,
desligado
de la felicidad, mientras
el mundo
de la pequeña nave
me ignoraba
y desataba el hilo
de los acordeones,
comían y cantaban
transeúntes
del agua y del verano,
yo, en la proa, pequeño
inhumano,
perdido,
aún sin razón ni canto,
ni alegría,
atado al movimiento de las aguas
que iban entre los montes apartando
para mí solo aquellas soledades,
para mí solo aquel camino puro,
para mí solo el universo.

O PRIMEIRO MAR

Descobri o mar. Saía de Carahue
o Cautín à sua desembocadura
e nos barcos de roda de pás começaram
os sonhos e a vida a deter-me,
e deixar sua pergunta em minhas pestanas.

Delgado menino ou pássaro,
solitário estudante ou peixe sombrio
ia só na proa,
desligado
da felicidade, enquanto
o mundo
do pequeno navio
me ignorava
e desatava o fio
dos acordeões,
comiam e cantavam
transeuntes
da água e do verão,
e eu, na proa, pequeno
desumano,
perdido,
ainda sem razão nem canto,
nem alegria,
atado ao movimento das águas
que iam entre os montes apartando
só para mim aquelas solidões,
só para mim aquele caminho puro,
só para mim o universo.

Embriaguez de los ríos,
márgenes de espesuras y fragancias,
súbitas piedras, árboles quemados,
y tierra plena y sola.

Hijo de aquellos ríos
me mantuve
corriendo por la tierra,
por las mismas orillas
hacia la misma espuma
y cuando el mar de entonces
se desplomó como una torre herida,
se incorporó encrespado de su furia,
salí de las raíces,
se me agrandó la patria,
se rompió la unidad de la madera:
la cárcel de los bosques
abrió una puerta verde
por donde entró la ola con su trueno
y se extendió mi vida
con un golpe de mar, en el espacio.

Embriaguez dos rios,
margens de espessuras e fragrância,
súbitas pedras, árvores queimadas,
e terra plena e solitária.

Filho daqueles rios
me mantive
correndo pela terra,
pelas mesmas margens
até a mesma espuma
e quando o mar de então
desabou como uma torre ferida,
se levantou encrespado de sua fúria,
saí das raízes,
ampliou-se a pátria para mim
rompeu-se a unidade da madeira:
o cárcere dos bosques
abriu uma porta verde
por onde entrou a onda com seu trovão
e se estendeu minha vida
com um golpe de mar, no espaço.

LA POESÍA

Y fue a esa edad... Llegó la poesía
a buscarme. No sé, no sé de dónde
salió, de invierno o río.
No sé cómo ni cuándo,
no, no eran voces, no eran
palabras, ni silencio,
pero desde una calle me llamaba,
desde las ramas de la noche,
de pronto entre los otros,
entre fuegos violentos
o regresando solo,
allí estaba sin rostro
y me tocaba.

Yo no sabía qué decir, mi boca
no sabía
nombrar,
mis ojos eran ciegos,
y algo golpeaba en mi alma,
fiebre o alas perdidas,
y me fui haciendo solo,
descifrando
aquella quemadura,
y escribí la primera línea vaga,
vaga, sin cuerpo, pura
tontería,
pura sabiduría
del que no sabe nada,
y vi de pronto

A POESIA

E foi nessa idade... Chegou a poesia
para buscar-me. Não sei, não sei de onde
saiu, de inverno ou rio.
Não sei como nem quando,
não, não eram vozes, não eram
palavras, nem silêncio,
porém de uma rua me chamava,
dos ramos da noite,
logo entre os outros,
entre fogos violentos
ou regressando só,
ali estava sem rosto
e me tocava.

Eu não sabia o que dizer, minha boca
não sabia
nomear,
meus olhos eram cegos,
e algo golpeava em minha alma,
febre ou asas perdidas,
e fui ficando solitário,
decifrando
aquela queimadura,
e escrevi a primeira linha vaga,
vaga, sem corpo, pura
idiotice,
pura sabedoria
daquele que não sabe nada,
e logo vi

el cielo
desgranado
y abierto,
planetas,
plantaciones palpitantes,
la sombra perforada,
acribillada
por flechas, fuego y flores,
la noche arrolladora, el universo.
Y yo, mínimo ser,
ebrio del gran vacío
constelado,
a semejanza, a imagen
del misterio,
me sentí parte pura
del abismo
rodé con las estrellas,
mi corazón se desató en el viento.

o céu
debulhado
e aberto,
planetas,
plantações palpitantes,
a sombra perfurada,
crivada
de flechas, fogo e flores,
a noite envolvente, o universo.
E eu, mínimo ser,
ébrio do grande vazio
constelado,
à semelhança, à imagem
do mistério,
me senti parte pura
do abismo
girei com as estrelas,
meu coração se desatou ao vento.

JUVENTUD

JUVENTUDE

LA PENSIÓN DE
LA CALLE MARURI

Una calle Maruri,
las casas no se miran, no se quieren,
sin embargo, están juntas,
muro con muro, pero
sus ventanas
no ven la calle, no hablan
son silencio.

Vuela un papel como una hoja sucia
del árbol del invierno.
La tarde quema un arrebol. Inquieto
el cielo esparce fuego fugitivo.

La bruma negra invade los balcones.

Abro mi libro. Escribo
creyéndome
en el hueco
de una mina, de un húmedo
socavón abandonado.

Sé que ahora no hay nadie,
en la casa, en la calle, en la ciudad amarga.
Soy prisionero con la puerta abierta,
con el mundo abierto,
soy estudiante triste perdido en el crepúsculo,
y subo hacia la sopa de fideos
y bajo hasta la cama y hasta el día siguiente.

A PENSÃO DA RUA MARURI

Uma rua Maruri,
as casas não se olham, não se querem,
no entanto, estão juntas,
muro com muro, mas
suas janelas
não veem a rua, não falam
são silêncio.

Voa um papel como uma folha suja
da árvore do inverno.
A tarde queima um arrebol. Inquieto
o céu esparge fogo fugitivo.

A bruma negra invade as varandas.

Abro meu livro. Escrevo
crendo-me
no vazio
de uma mina, de uma úmida
cova abandonada.

Sei que agora não há ninguém
na casa, na rua, na cidade amarga.
Sou prisioneiro com a porta aberta,
com o mundo aberto,
sou estudante triste perdido no crepúsculo
e subo até a sopa de macarrão
e desço até a cama e até o dia seguinte.

6

Déjame sueltas las manos
y el corazón déjame libre!
Deja que mis dedos corran
por los caminos de tu cuerpo.

La pasión –sangre, fuego, besos–
me incendia a llamaradas trémulas.
Ay, tú no sabes lo que es esto!

Es la tempestad de mis sentidos
doblegando la selva sensible de mis nervios.
Es la carne que grita con sus ardientes lenguas!
Es el incendio!
Y estás aquí, mujer, como un madero intacto
ahora que vuela toda mi vida hecha cenizas
hacia tu cuerpo lleno, como la noche, de astros!

Déjame libres las manos
y el corazón, déjame libre!
Yo solo te deseo!, yo solo te deseo!
No es amor, es deseo que se agosta y se extingue,
es precipitación de furias,
acercamiento de lo imposible,
pero estás tú,
estás para dármelo todo,
y a darme lo que tienes a la tierra viniste,
como yo para contenerte,
y desearte,
y recibirte!

6

Deixe-me soltas as mãos
e o coração deixe-me livre!
Deixe que meus dedos corram
pelos caminhos do teu corpo.

A paixão – sangue, fogo, beijos –
me incendeia em chamas trêmulas.
Ah, tu não sabes o que é isto!

É a tempestade dos meus sentidos
submetendo a selva sensível de meus nervos.
É a carne que grita com suas línguas ardentes!
É o incêndio!
E estás aqui, mulher, como uma tábua intacta
agora que voa toda a minha vida transformada em cinzas
para teu corpo cheio, como a noite, de astros!

Deixe-me livres as mãos
e o coração, deixe-me livre!
Eu só te desejo! Só te desejo!
Não é amor, é desejo que abrasa e se extingue,
é precipitação de fúrias,
aproximação do impossível,
mas estás tu,
estás para dar-me tudo,
e para dar-me o que tens à terra viestes,
como eu para conter-te,
e desejar-te,
e receber-te!

PRIMEROS VIAJES

Cuando salí a los mares fui infinito.
Era más joven yo que el mundo entero.
Y en la costa salía a recibirme
el extenso sabor del universo.

Yo no sabía que existía el mundo.

Yo creía en la torre sumergida.

Había descubierto tanto en nada,
en la perforación de mi tiniebla,
en los ay del amor, en las raíces,
que fui el deshabitado que salía:
un pobre propietario de esqueleto.

Yo comprendí que iba desnudo,
que debía vestirme,
nunca había mirado los zapatos,
no hablaba los idiomas,
no sabía leer sino leerme,
no sabía vivir sino esconderme,
y comprendí que no podía
llamarme más porque no acudiría:
aquella cita había terminado:
nunca más, nunca más, decía el cuervo.

Tenía que contar con tanta nube,
con todos los sombreros de este mundo,
con tantos ríos, antesalas, puertas,

PRIMEIRAS VIAGENS

Quando saí aos mares fui infinito.
Era mais jovem eu que o mundo inteiro.
E na costa saía a receber-me
o extenso sabor do universo.

Eu não sabia que existia o mundo.

Acreditava na torre submersa.

Havia descoberto tanto em nada
na perfuração de minha treva,
nos ais de amor, nas raízes,
que fui o desabitado que saía:
um pobre proprietário de esqueleto.

Eu compreendi que ia desnudo,
que devia vestir-me,
nunca havia olhado os sapatos,
não falava idiomas,
não sabia ler senão ler-me,
não sabia viver senão esconder-me,
e compreendi que não podia
chamar-me mais porque não atenderia:
aquele encontro havia terminado:
nunca mais, nunca mais, dizia o corvo.

Tinha que contar com tantas nuvens,
com todos os chapéus deste mundo,
com tantos rios, antessalas, portas,

y tantos apellidos, que aprendiéndolos
me iba a pasar toda la perra vida.

Estaba lleno el mundo de mujeres,
atiborrado como escaparate,
y de las cabelleras que aprendí de repente,
de tanto pecho puro y espléndidas caderas
supe que Venus no tenía espuma:
estaba seca y firme con dos brazos eternos
y resistía con su nácar duro
la genital acción de mi impudicia.

Para mí todo era nuevo, y caía
de puro envejecido este planeta:
todo se abría para que viviera,
para que yo mirara ese relámpago.

Y con pequeños ojos de caballo
miré el telón más agrio que subía:
que subía sonriendo a precio fijo:
era el telón de la marchita Europa.

e tantos sobrenomes, que aprendidos
iam levar toda a maldita vida.

O mundo estava cheio de mulheres,
abarrotado como uma vitrina,
e das cabeleiras que aprendi de repente,
de tanto peito puro e esplêndidas ancas
soube que Vênus não tinha espuma:
estava seca e firme com dois braços eternos
e resistia com seu nácar duro
à genital ação da minha indecência.

Para mim tudo era novo, e caía
de puro envelhecimento este planeta:
tudo se abria para que eu vivesse,
para que eu olhasse esse relâmpago.

E com os pequenos olhos de cavalo
olhei a cortina mais ácida que subia:
que subia sorrindo a preço fixo:
era a cortina da perecida Europa.

EL OPIO EN EL ESTE

Ya desde Singapur olía a opio.
El buen inglés sabía lo que hacía.
En Ginebra tronaba
contra los mercaderes clandestinos
y en las Colonias cada puerto
echaba un tufo de humo autorizado
con número oficial y licencia jugosa.
El *gentleman* oficial de Londres
vestido de impecable ruiseñor
(con pantalón rayado y almidón de armadura)
trinaba contra el vendedor de sombras,
pero aquí en Oriente
se desenmascaraba
y vendía el letargo en cada esquina.
Quise saber. Entré. Cada tarima
tenía su yacente,
nadie hablaba, nadie reía, creí
que fumaban en silencio.
Pero chasqueaba junto a mí la pipa
al cruzarse la llama con la aguja
y en esa aspiración de la tibieza
con el humo lechoso entraba al hombre
una estática dicha, alguna puerta lejos
se abría hacia un vacío suculento:
era el opio la flor de la pereza,
el goce inmóvil,
la pura actividad sin movimiento.

O ÓPIO NO LESTE

Já desde Singapura cheirava a ópio.
O bom inglês sabia o que fazia.
Em Genebra esbravejava
contra os traficantes clandestinos
e nas Colônias cada porto
lançava um tufo de fumaça autorizada
com número oficial e licença sumarenta.
O *gentleman* oficial de Londres
vestido como impecável rouxinol
(com calças listradas e engomado de armadura)
trinava contra o vendedor de sombras,
mas aqui no Oriente
se desmascarava
e vendia o letargo em cada esquina.
Quis saber. Entrei. Cada assoalho
tinha seu jacente,
ninguém falava, ninguém ria, acreditei
que fumavam em silêncio.
Mas estalava junto a mim o cachimbo
ao cruzar-se a chama com a agulha
e nessa aspiração morna
com a fumaça leitosa o homem entrava
numa estática felicidade, alguma porta distante
se abria para um vazio suculento:
era o ópio a flor da preguiça,
o gozo imóvel,
a pura atividade sem movimento.

Todo era puro o parecía puro,
todo en aceite y gozne resbalaba
hasta llegar a ser solo existencia,
no ardía nada, ni lloraba nadie,
no había espacio para los tormentos
y no había carbón para la cólera.
Miré: pobres caídos,
peones, *coolies* de *ricksha* o plantación,
desmedrados trotantes,
perros de calle,
pobres maltratados.

Aquí, después de heridos,
después de ser no seres sino pies,
después de no ser hombres sino brutos de carga,
después de andar y andar y sudar y sudar
y sudar sangre y ya no tener alma,
   aquí estaban ahora,
solitarios,
tendidos, los yacentes por fin, los pata dura:
cada uno con hambre había comprado
un oscuro derecho a la delicia,
y bajo la corola del letargo,
sueño o mentira, dicha o muerte, estaban
por fin en el reposo que busca toda vida,
respetados, por fin, en una estrella.

Tudo era puro ou parecia puro,
tudo em azeite e dobradiças resvalava
até chegar a ser só existência,
não ardia nada, nem ninguém chorava,
não havia espaço para os tormentos
e não havia carvão para a cólera.
Olhei: pobres caídos,
operários, *coolies* de *ricksha* ou plantação,
desajustados trotantes,
cães de rua,
pobres maltratados.

Aqui, depois de feridos,
depois de serem não mais seres mas pés,
depois de não serem homens mas brutos de carga,
depois de andar e andar e suar e suar
e suar sangue e já não terem alma,
        aqui estavam agora,
solitários,
estendidos, os jacentes por fim, os pés-duros:
cada um com fome havia comprado
um escuro direito à delícia,
e sob a corola da letargia,
sonho ou mentira, destino ou morte, estavam
por fim no repouso que toda vida busca,
respeitados, por fim, em uma estrela.

ENTIERRO EN EL ESTE

Yo trabajo de noche, rodeado de ciudad,
de pescadores, de alfareros, de difuntos quemados
con azafrán y frutas, envueltos en muselina escarlata:
bajo mi balcón esos muertos terribles
pasan sonando cadenas y flautas de cobre,
estridentes y finas y lúgubres silban
entre el color de las pesadas flores envenenadas
y el grito de los cenicientos danzarines
y el creciente monótono de los tam-tam
y el humo de las maderas que arden y huelen.

Porque una vez doblado el camino, junto al turbio río,
sus corazones detenidos o iniciando un mayor movimiento
rodarán quemados, con la pierna y el pie hechos fuego,
y la trémula ceniza caerá sobre el agua,
flotará como ramo de flores calcinadas
o como extinto fuego dejado por tan poderosos viajeros
que hicieron arder algo sobre las negras aguas y devoraron
un alimento desaparecido y un licor extremo.

ENTERRO NO LESTE

Eu trabalho de noite, rodeado de cidade,
de pescadores, de oleiros, de defuntos queimados
com açafrão e frutas, envoltos em musselina escarlate:
debaixo da minha varanda esses mortos terríveis
passam soando correntes e flautas de cobre,
estridentes e finas e lúgubres silvam
entre a cor das pesadas flores envenenadas
e o grito dos dançarinos cinzentos
e o crescente monótono dos tam-tam
e a fumaça das madeiras que ardem e cheiram.

Porque uma vez dobrado o caminho, junto ao rio turvo,
seus corações detidos ou iniciando um maior movimento
rodarão queimados, com a perna e o pé em fogo,
e a trêmula cinza cairá sobre a água,
flutuará como ramo de flores calcinadas
ou como extinto fogo deixado por viajantes tão poderosos
que fizeram arder algo sobre as negras águas e devoraram
um alimento desaparecido e um licor extremo.

RANGOON, 1927

En Rangoon era tarde para mí.
Todo lo habían hecho:
una ciudad
de sangre,
sueño y oro.
El río que bajaba
de la selva salvaje
a la ciudad caliente,
a las calles leprosas
en donde un hotel blanco para blancos
y una pagoda de oro para gente dorada
era cuanto
pasaba
y no pasaba.
Rangoon, gradas heridas
por los escupitajos
del betel,
las doncellas birmanas
apretando al desnudo
la seda
como si el fuego acompañase
con lenguas de amaranto
la danza, la suprema
danza:
el baile de los pies hacia el Mercado,
el ballet de las piernas por las calles.
Suprema luz que abrió sobre mi pelo
un globo cenital, entró en mis ojos
y recorrió en mis venas

RANGOON, 1927

Em Rangoon era tarde para mim.
Haviam feito tudo:
uma cidade
de sangue,
sonho e ouro.
O rio que descia
da selva selvagem
para a cidade quente,
para as ruas leprosas
onde um hotel branco para brancos
e um templo de ouro para gente dourada
era só
o que acontecia
e não acontecia.
Rangoon, degraus feridos
pelas cusparadas
de bétel,
as donzelas birmanas
apertando contra o corpo nu
a seda
como se o fogo acompanhasse
com línguas de amaranto
a dança, a suprema
dança:
o baile dos pés para o Mercado,
o balé das pernas pelas ruas.
Suprema luz que abriu sobre meus cabelos
um globo zenital, entrou em meus olhos
e percorreu em minhas veias

los últimos rincones de mi cuerpo
hasta otorgarse la soberanía
de un amor desmedido y desterrado.

Fue así, la encontré cerca
de los buques de hierro
junto a las aguas sucias
de Martabán: miraba
buscando hombre:
ella también tenía
color duro de hierro,
su pelo era de hierro,
y el sol pegaba en ella como en una herradura.

Era mi amor que yo no conocía.

Yo me senté a su lado
sin mirarla
porque yo estaba solo
y no buscaba río ni crepúsculo,
no buscaba abanicos,
ni dinero ni luna,
sino mujer, quería
mujer para mis manos y mi pecho,
mujer para mi amor, para mi lecho,
mujer plateada, negra, puta o pura,
carnívora celeste, anaranjada,
no tenía importancia,
la quería para amarla y no amarla,
la quería para plato y cuchara,
la quería de cerca, tan de cerca
que pudiera morderle los dientes con mis besos,
la quería fragante a mujer sola,
la deseaba con olvido ardiente.

os últimos recantos do meu corpo
até outorgar-se a soberania
de um amor desmedido e desterrado.

Foi assim, a encontrei perto
dos barcos de ferro
junto às águas sujas
de Martaban: olhava
procurando homem:
ela também tinha
cor dura de ferro,
seu cabelo era de ferro,
e o sol batia nela como em uma ferradura.

Era meu amor que eu não conhecia.

Eu me sentei ao seu lado
sem olhá-la
porque eu estava só
e não buscava rio nem crepúsculo,
não buscava leques,
nem dinheiro nem lua,
mas mulher, queria
mulher para minhas mãos e meu peito,
mulher para meu amor, para meu leito,
mulher prateada, negra, puta ou pura,
carnívora celeste, alaranjada,
não tinha importância,
a queria para amá-la e não amá-la,
a queria para prato e colher,
a queria perto, tão perto
que pudesse morder-lhe os dentes com meus beijos,
a queria cheirando a mulher só,
a desejava com esquecimento ardente.

Ella tal vez quería
o no quería lo que yo quería,
pero allí en Martabán, junto al agua de hierro,
cuando llegó la noche, que allí sale del río,
como una red repleta de pescados inmensos,
yo y ella caminamos juntos a sumergirnos
en el placer amargo de los desesperados.

Ela talvez queria
ou não queria o que eu queria,
porém ali em Martaban, junto à água de ferro,
quando chegou a noite, que ali sai do rio,
como uma rede repleta de peixes imensos,
eu e ela caminhamos juntos e submergimos
no prazer amargo dos desesperados.

TANGO DEL VIUDO

Oh Maligna, ya habrás hallado la carta,
      ya habrás llorado de furia,
y habrás insultado el recuerdo de mi madre
llamándola perra podrida y madre de perros,
ya habrás bebido sola, solitaria, el té del atardecer
mirando mis viejos zapatos vacíos para siempre
y ya no podrás recordar mis enfermedades, mis sueños nocturnos,
      mis comidas,
sin maldecirme en voz alta, como si estuviera allí aún
quejándome del trópico, de los *coolies corringhis*
de las venenosas fiebres que me hicieron tanto daño
y de los espantosos ingleses que odio todavía.

Maligna, la verdad, qué noche tan grande, qué tierra tan sola!
He llegado otra vez a los dormitorios solitarios,
a almorzar en los restaurantes comida fría, y otra vez
tiro al suelo los pantalones y las camisas,
no hay perchas en mi habitación, ni retratos de nadie en las paredes.
Cuánta sombra de la que hay en mi alma daría por recobrarte,
y qué amenazadores me parecen los nombres de los meses,
y la palabra invierno qué sonido de tambor lúgubre tiene.
Enterrado junto al cocotero hallarás más tarde
el cuchillo que escondí allí por temor de que me mataras,
y ahora repentinamente quisiera oler su acero de cocina
acostumbrado al peso de tu mano y al brillo de tu pie:
bajo la humedad de la tierra, entre las sordas raíces,
de los lenguajes humanos el pobre solo sabría
      tu nombre,

TANGO DO VIÚVO

Oh, Maligna, já terás achado a carta,
     já terás chorado de fúria,
e terás insultado a lembrança da minha mãe
chamando-a de cachorra podre e mãe de cães,
terás bebido sozinha, solitária, o chá do entardecer
olhando meus velhos sapatos vazios para sempre
e já não poderás lembrar minhas enfermidades, meus sonhos noturnos,
     minhas comidas,
sem maldizer-me em voz alta, como se estivesse ali ainda
queixando-me dos trópicos, dos *coolies corringhis*
das venenosas febres que tanto dano me fizeram
e dos espantosos ingleses que continuo odiando.

Maligna, a verdade, que noite tão grande, que terra tão só!
Cheguei outra vez aos dormitórios solitários,
a almoçar nos restaurantes comida fria, e outra vez
jogo no chão as calças e as camisas,
não há cabides no meu quarto, nem retratos de ninguém nas paredes,
Quanta sombra da que tenho em minha alma daria para recuperar-te,
e que ameaçadores me parecem os nomes dos meses,
e a palavra inverno que som de tambor lúgubre tem.
Enterrada junto ao coqueiro acharás mais tarde
a faca que escondi ali por temor de que me matasses
e agora repentinamente queria cheirar seu aço de cozinha
acostumado ao peso da tua mão e ao brilho do teu pé:
sob a umidade da terra, entre as surdas raízes,
das linguagens humanas o pobre só saberia
     teu nome,

y la espesa tierra no comprende tu nombre
hecho de impenetrables substancias divinas.

Así como me aflige pensar en el claro día de tus piernas
recostadas como detenidas y duras aguas solares,
y la golondrina que durmiendo y volando vive en tus ojos,
y el perro de furia que asilas en el corazón,
así también veo las muertes que están entre nosotros desde ahora,
y respiro en el aire la ceniza y lo destruido,
el largo, solitario espacio que me rodea para siempre.

Daría este viento del mar gigante por tu brusca respiración
oída en largas noches sin mezcla de olvido,
uniéndose a la atmósfera como el látigo a la piel del caballo.
Y por oírte orinar, en la oscuridad, en el fondo de la casa,
como vertiendo una miel delgada, trémula, argentina, obstinada,
cuántas veces entregaría este coro de sombras que poseo,
y el ruido de espadas inútiles que se oye en mi alma,
y la paloma de sangre que está solitaria en mi frente
llamando cosas desaparecidas, seres desaparecidos,
substancias extrañamente inseparables y perdidas.

e a espessa terra não compreende teu nome
feito de impenetráveis substâncias divinas.

Assim como me aflige pensar no claro dia das tuas pernas
recostadas como contidas e duras águas solares,
e a andorinha que dormindo e voando vive em teus olhos,
e o cão de fúria que abrigas no coração,
assim também vejo as mortes que estão entre nós agora,
e respiro no ar a cinza e o destruído,
o imenso, solitário espaço que me rodeia para sempre.

Daria este vento do mar gigante por tua brusca respiração
ouvida em longas noites sem mescla de esquecimento,
unindo-se à atmosfera como o chicote à pele do cavalo.
E para ouvir você urinar, no escuro, no fundo da casa,
como vertendo um mel fino, trêmulo, argentino, obstinado,
quantas vezes entregaria este coro de sombras que possuo,
e o ruído de espadas inúteis que se ouvem em minha alma,
e a pomba de sangue que está solitária à minha frente
chamando coisas desaparecidas, seres desaparecidos,
substâncias estranhamente inseparáveis e perdidas.

MADUREZ

MATURIDADE

EXPLICO ALGUNAS COSAS

Preguntaréis: Y dónde están las lilas?
Y la metafísica cubierta de amapolas?
Y la lluvia que a menudo golpeaba
sus palabras llenándolas
de agujeros y pájaros?

Os voy a contar todo lo que me pasa.

Yo vivía en un barrio
de Madrid, con campanas,
con relojes, con árboles.

Desde allí se veía
el rostro seco de Castilla
como un océano de cuero.

       Mi casa era llamada
la casa de las flores, porque por todas partes
estallaban geranios: era
una bella casa
con perros y chiquillos.

       Raúl, te acuerdas?
Te acuerdas, Rafael?
       Federico, te acuerdas
debajo de la tierra
te acuerdas de mi casa con balcones en donde
la luz de junio ahogaba flores en tu boca?
       Hermano, hermano!

EXPLICO ALGUMAS COISAS

Perguntareis: e onde estão os lilases?
E a metafísica coberta de papoulas?
E a chuva que frequente golpeava
suas palavras enchendo-as
de furos e pássaros?

Vou lhes contar tudo o que me acontece.

Eu vivia em um bairro
de Madri, com sinos,
com relógios, com árvores.

Dali se via
a rosto seco de Castela
como um oceano de couro.

      Minha casa era chamada
a casa das flores, porque por toda parte
estalavam gerânios: era
uma bela casa
com cães e meninos.

      Raul, te lembras?
Te lembras, Rafael?
      Federico, te lembras
debaixo da terra
te lembras da minha casa com varandas onde
a luz de junho afogava flores em tua boca?
      Irmão, irmão!

Todo
era grandes voces, sal de mercaderías,
aglomeraciones de pan palpitante
mercados de mi barrio de Argüelles con su estatua
como un tintero pálido entre las merluzas:
el aceite llegaba a las cucharas,
un profundo latido
de pies y manos llenaba las calles,
metros, litros, esencia
aguda de la vida,
                              pescados hacinados,
contextura de techos con el sol frío en el cual
la flecha se fatiga,
delirante marfil fino de las patatas,
tomates repetidos hasta el mar.

Y una mañana todo estaba ardiendo
y una mañana las hogueras
salían de la tierra
devorando seres,
y desde entonces fuego,
pólvora desde entonces,
y desde entonces sangre.

Bandidos con aviones y con moros,
bandidos con sortijas y duquesas,
bandidos con frailes negros bendiciendo
venían por el cielo a matar niños,
y por las calles la sangre de los niños
corría simplemente, como sangre de niños.

Tudo
eram grandes vozes, sal de mercadorias,
porções de pão palpitante
mercados do meu bairro de Argüelles com sua estátua
como um tinteiro pálido entre merluzas:
o azeite chegava às colheres,
um profundo bater
de pés e mãos enchia as ruas,
metros, litros, essência
aguda da vida,
      peixes empilhados,
tessitura de tetos com o sol frio no qual
a flecha se fatiga,
delirante marfim fino das batatas,
tomates repetidos até o mar.

E uma manhã tudo estava ardendo
e uma manhã as fogueiras
saíam da terra
devorando seres,
e desde então fogo,
pólvora desde então
e desde então sangue.

Bandidos com aviões e com mouros,
bandidos com anéis e duquesas,
bandidos com frades negros bendizendo
vinham pelo céu matando meninos,
e pelas ruas o sangue dos meninos
corria simplesmente, como sangue de meninos.

Chacales que el chacal rechazaría,
piedras que el cardo seco mordería escupiendo,
víboras que las víboras odiaran!

Frente a vosotros he visto la sangre
de España levantarse
para ahogaros en una sola ola
de orgullo y de cuchillos!

Generales
traidores:
mirad mi casa muerta,
mirad España rota:
pero de cada casa muerta sale metal ardiendo
en vez de flores,
pero de cada hueco de España
sale España,
pero de cada niño muerto sale un fusil con ojos,
pero de cada crimen nacen balas
que os hallarán un día el sitio
del corazón.

Preguntaréis por qué su poesía
no nos habla del sueño, de las hojas,
de los grandes volcanes de su país natal?

Venid a ver la sangre por las calles,
venid a ver
la sangre por las calles,
venid a ver la sangre
por las calles!

Chacais que o chacal rechaçaria,
pedras que o cardo seco morderia cuspindo,
víboras que as víboras odiaram!

Frente a vocês vi o sangue
da Espanha levantar-se
para afogá-los numa única onda
de orgulho e de punhais!

Generais
traidores:
olhai minha casa morta,
olhai a Espanha alquebrada:
mas de cada casa morta sai um metal ardente
em vez de flores,
mas de cada espaço vazio da Espanha
sai Espanha,
mas de cada menino morto sai um fuzil com olhos,
mas de cada crime nascem balas
que em vocês acharão um dia o lugar
do coração.

Perguntareis por que sua poesia
não nos fala dos sonhos, das folhas,
dos grandes vulcões de seu país natal?

Venham ver o sangue pelas ruas,
venham ver
o sangue pelas ruas,
venham ver o sangue
pelas ruas!

MUCHOS SOMOS

De tantos hombres que soy, que somos,
no puedo encontrar a ninguno:
se me pierden bajo la ropa,
se fueron a otra ciudad.

Cuando todo está preparado
para mostrarme inteligente
el tonto que llevo escondido
se toma la palabra en mi boca.

Otras veces me duermo en medio
de la sociedad distinguida
y cuando busco en mí al valiente,
un cobarde que no conozco
corre a tomar con mi esqueleto
mil deliciosas precauciones.

Cuando arde una casa estimada
en vez del bombero que llamo
se precipita el incendiario
y ése soy yo. No tengo arreglo.
Qué debo hacer para escogerme?
Cómo puedo rehabilitarme?

Todos los libros que leo
celebran héroes refulgentes
siempre seguros de sí mismos:
me muero de envidia por ellos,
y en los films de vientos y balas

SOMOS MUITOS

De tantos homens que eu sou, que somos,
não consigo encontrar nenhum:
os perco debaixo da roupa,
se foram a outra cidade.

Quando tudo está preparado
para mostrar-me inteligente
o tolo que levo escondido
toma a palavra em minha boca.

Outras vezes adormeço em meio
à sociedade distinta
e quando busco em mim o valente,
um covarde que não conheço
corre a tomar com meu esqueleto
mil deliciosas precauções.

Quando arde uma casa estimada
em vez do bombeiro que chamo
precipita-se o incendiário
e esse sou eu. Não tenho conserto.
Que devo fazer para escolher-me?
Como posso reabilitar-me?

Todos os livros que leio
celebram heróis refulgentes
sempre seguros de si mesmos:
morro de inveja deles,
e nos filmes de ventos e balas

me quedo envidiando al jinete,
me quedo admirando al caballo.

Pero cuando pido al intrépido
me sale el viejo perezoso,
y así yo no sé quién soy,
no sé cuántos soy o seremos.

Me gustaría tocar un timbre
y sacar el mí verdadero
porque si yo me necesito
no debo desaparecerme.

Mientras escribo estoy ausente
y cuando vuelvo ya he partido:
voy a ver si a las otras gentes
les pasa lo que a mí me pasa,
si son tantos como soy yo,
si se parecen a sí mismos
y cuando lo haya averiguado
voy a aprender tan bien las cosas
que para explicar mis problemas
les hablaré de geografía.

fico invejando o cavaleiro,
fico admirando o cavalo.

Mas quando chamo o intrépido
me sai o velho preguiçoso,
e assim eu não sei quem sou,
não sei quantos sou ou seremos.

Gostaria de tocar uma campainha
e sacar o eu verdadeiro
porque se eu me necessito
não devo desaparecer-me.

Quando escrevo estou ausente
e quando volto já parti:
vou ver se com as outras gentes
ocorre o que ocorre comigo,
se são tantos como eu sou,
se se parecem a si mesmos
e quando terminar de averiguar
vou aprender tão bem as coisas
que para explicar meus problemas
lhes falarei de geografia.

PLENO OCTUBRE

Poco a poco y también mucho a mucho
me sucedió la vida
y qué insignificante es este asunto:
estas venas llevaron
sangre mía que pocas veces vi,
respiré el aire de tantas regiones
sin guardarme una muestra de ninguno
y a fin de cuentas ya lo saben todos:
nadie se lleva nada de su haber
y la vida fue un préstamo de huesos.
Lo bello fue aprender a no saciarse
de la tristeza ni de la alegría,
esperar el tal vez de una última gota,
pedir más a la miel y a las tinieblas.

Tal vez fui castigado:
tal vez fui condenado a ser feliz.
Quede constancia aquí de que ninguno
pasó cerca de mí sin compartirme,
y que metí la cuchara hasta el codo
en una adversidad que no era mía,
en el padecimiento de los otros.

No se trató de palma o de partido
sino de poca cosa: no poder
vivir sin respirar con esa sombra,
con esa sombra de otros como torres,
como árboles amargos que lo entierran,
como golpes de piedra en las rodillas.

PLENO OUTUBRO

Pouco a pouco e também muito a muito
me aconteceu a vida
e quão insignificante é este assunto:
essas veias levaram
meu sangue que poucas vezes vi,
respirei o ar de tantas regiões
sem guardar para mim nenhuma amostra
e afinal de contas todos já sabem:
ninguém leva nada do seu haver
e a vida foi um empréstimo de ossos.
O bonito foi aprender a não saciar-se
da tristeza nem da alegria,
esperar o talvez de uma última gota,
pedir mais ao mel e às trevas.

Talvez fui castigado:
talvez fui condenado a ser feliz.
Fique a certeza aqui de que ninguém
passou por mim sem me compartilhar,
e que mergulhei até o pescoço
em uma adversidade que não era minha,
e no padecimento dos outros.

Não se tratou de palma ou de partido
senão de pouca coisa: não poder
viver sem respirar com essa sombra,
com essa sombra de outros como torres,
como árvores amargas que o enterram,
como golpes de pedra nos joelhos.

Tu propia herida se cura con llanto,
tu propia herida se cura con canto,
pero en tu misma puerta se desangra
la viuda, el indio, el pobre, el pescador,
y el hijo del minero no conoce
a su padre entre tantas quemaduras.

Muy bien, pero mi oficio
fue
la plenitud del alma:
un ay del goce que te corta el aire,
un suspiro de planta derribada
o lo cuantitativo de la acción.

Me gustaba crecer con la mañana,
esponjarme en el sol, a plena dicha
de sol, de sal, de luz marina y ola,
y en ese desarrollo de la espuma
fundó mi corazón su movimiento:
crecer con el profundo paroxismo
y morir derramándose en la arena.

Tua própria ferida se cura com pranto,
tua própria ferida se cura com canto,
mas em tua mesma porta se dessangra
a viúva, o índio, o pobre, o pescador,
e o filho do mineiro não conhece
seu pai entre tantas queimaduras.

Muito bem, mas meu ofício
foi
a plenitude da alma:
um ah! de gozo que te corta o ar,
um suspiro de planta derrubada
ou o quantitativo da ação.

Gostava de crescer com a manhã,
largar-me ao sol, em plena felicidade
de sol, de sal, de luz marinha e onda,
e nesse avolumar da espuma
fundou meu coração seu movimento:
crescer com o profundo paroxismo
e morrer derramando-se na areia.

EN PLENO MES DE JUNIO

En pleno mes de junio
me sucedió una mujer,
más bien una naranja.
Está confuso el panorama:
tocaron a la puerta:
era una ráfaga,
un látigo de luz,
una tortuga ultravioleta,
la vi
con lentitud de telescopio,
como si lejos fuera o habitara
esta vestidura de estrella,
y por error del astrónomo
hubiera entrado en mi casa.

EM PLENO MÊS DE JUNHO

Em pleno mês de junho
me aconteceu uma mulher,
ou melhor, uma laranja.
Está confuso o panorama:
tocaram à porta:
era uma lufada,
um açoite de luz,
uma tartaruga ultravioleta,
a vi
com a lentidão de um telescópio,
como se longe fosse ou habitasse
esta vestidura de estrela,
e por erro do astrônomo
houvesse entrado em minha casa.

EN TI LA TIERRA

Pequeña
rosa,
rosa pequeña,
a veces,
diminuta y desnuda, parece
que en una mano mía
cabes,
que así voy a cerrarte
y a llevarte a mi boca,
pero
de pronto
mis pies tocan tus pies y mi boca tus labios,
has crecido,
suben tus hombros como dos colinas,
tus pechos se pasean por mi pecho,
mi brazo alcanza apenas a rodear la delgada
línea de luna nueva que tiene tu cintura:
en el amor como agua de mar te has desatado:
mido apenas los ojos más extensos del cielo
y me inclino a tu boca para besar la tierra.

EM TI A TERRA

Pequena
rosa,
rosa pequena,
às vezes
diminuta e desnuda, parece
que em minha mão
cabes,
que assim vou guardar-te
e levar-te à boca,
mas
súbito
meus pés tocam teus pés e minha boca teus lábios,
crescestes
sobem teus ombros como duas colinas,
teus seios passeiam por meu peito,
meu braço alcança apenas rodear a delgada
linha de lua nova que tem tua cintura:
e no amor como água do mar te desmanchastes:
meço apenas os olhos mais extensos do céu
e me inclino sobre tua boca para beijar a terra.

EL ALFARERO

Todo tu cuerpo tiene
copa o dulzura destinada a mí.

Cuando subo la mano
encuentro en cada sitio una paloma
que me buscaba, como
si te hubieran, amor, hecho de arcilla
para mis propias manos de alfarero.

Tus rodillas, tus senos,
tu cintura
faltan en mí como en el hueco
de una tierra sedienta
de la que desprendieron
una forma,
y juntos
somos completos como un solo río,
como una sola arena.

O OLEIRO

Todo teu corpo tem
taça ou doçura destinada a mim.

Quando subo a mão
encontro em cada lugar uma pomba
que me buscava, como
se te houvessem, amor, feito de argila
para minhas próprias mãos de oleiro.

Teus joelhos, teus seios,
tua cintura
faltam em mim como no vazio
de uma terra sedenta
de onde desprenderam
uma forma,
e juntos
somos completos como um único rio,
como uma só areia.

FINAL

Matilde, años o días
dormidos, afiebrados,
aquí o allá, clavando,
rompiendo el espinazo,
sangrando sangre verdadera,
despertando tal vez
o perdido, dormido:
camas clínicas, ventanas extranjeras,
vestidos blancos de las sigilosas,
la torpeza en los pies.

Luego estos viajes
y el mío mar de nuevo:
tu cabeza en la cabecera,
tus manos voladoras
en la luz, en mi luz,
sobre mi tierra.

Fue tan bello vivir
cuando vivías!

El mundo es más azul y más terrestre
de noche, cuando duermo
enorme, adentro de tus breves manos.

FINAL

Matilde, anos ou dias
dormidos, febris,
aqui ou ali, cravando,
rompendo o espinhaço,
sangrando sangue verdadeiro,
despertando talvez
ou perdido, dormido:
camas clínicas, janelas estrangeiras,
vestidos brancos das sigilosas,
a torpeza nos pés.

Logo estas viagens
e o meu mar de novo:
tua cabeça na cabeceira,
tuas mãos voadoras
na luz, em minha luz,
sobre minha terra.

Foi tão belo viver
quando vivias!

O mundo é mais azul e mais terrestre
à noite, quando durmo
enorme, dentro de tuas breves mãos.

(ESTA CAMPANA ROTA)

Esta campana rota
quiere sin embargo cantar:
el metal ahora es verde,
color de selva tiene la campana,
color de agua de estanques en el bosque,
color del día en las hojas.

El bronce roto y verde,
la campana de bruces
y dormida
fue enredada por las enredaderas,
y del color oro duro del bronce
pasó a color de rana:
fueron las manos del agua,
la humedad de la costa,
que dio verdura al metal,
ternura a la campana.

Esta campana rota
arrastrada en el brusco matorral
de mi jardín salvaje,
campana verde, herida,
hunde sus cicatrices en la hierba:
no llama a nadie más, no se congrega
junto a su copa verde
más que una mariposa que palpita
sobre el metal caído y vuela huyendo
con alas amarillas.

(ESTE SINO QUEBRADO)

Este sino quebrado
quer no entanto cantar:
o metal agora é verde,
cor de selva tem o sino,
cor de água estanque dos bosques,
cor do dia nas folhas.

O bronze quebrado e verde,
o sino de bruços
e adormecido
foi enredado pelas trepadeiras,
e da cor ouro duro do bronze
passou à cor da rã:
foram as mãos da água,
a umidade da costa,
que deram verdura ao metal,
ternura ao sino.

Este sino quebrado
arrastado no brusco matagal
do meu jardim selvagem,
sino verde, ferido,
funde suas cicatrizes no capim:
não chama ninguém mais, não se congrega
junto à sua copa verde
nada além de uma borboleta que palpita
sobre o metal caído e voa fugindo
com asas amarelas.

© PABLO NERUDA y FUNDACIÓN PABLO NERUDA
MEMORIAL DE ISLA NEGRA, © 1964: "Nacimiento", "La mamadre", "El padre", "El sexo",
"El primer mar", "La poesía", "La pensión de la calle Maruri", "Primeros viajes",
"El opio en el este", "Rangoon, 1927" e "Pleno octubre". VEINTE POEMAS DE AMOR, © 1924:
"Poema 6". RESIDENCIA EN LA TIERRA, © 1933: "Entierro en el este" e "Tango del viudo".
TERCERA RESIDENCIA, © 1947: "Explico algunas cosas". ESTRAVAGARIO, © 1958: "Muchos somos".
EL MAR Y LAS CAMPANAS, © 1973: "En pleno mes de junio", "Final" e "(Esta campana rota)".
LOS VERSOS DEL CAPITÁN, © 1952: "En ti la tierra" e "El alfarero".

© da tradução by Affonso Romano de Sant'Anna

1ª Edição, Liberalia Ediciones Ltda., Santiago de Chile 2016
1ª Edição, Global Editora, São Paulo 2023

Jefferson L. Alves – diretor editorial
Gustavo Henrique Tuna – gerente editorial
Flávio Samuel – gerente de produção
Jefferson Campos – assistente de produção
Nair Ferraz – coordenadora editorial
Affonso Romano de Sant'Anna – tradução
Amanda Meneguete – assistente editorial
Giovana Sobral – revisão
Gonzalo Cárcamo – ilustração de capa
Anderson Junqueira – projeto gráfico e capa

A publicação da presente antologia de poemas de Pablo Neruda foi possível graças ao empenho de Berta Inés Concha, da Liberalia Ediciones, e Carina Pons, da Agência Literária Carmen Balcells, a quem a Global Editora agradece imensamente.

Dados Internacionais de Catalogação na Publicação (CIP)
(Câmara Brasileira do Livro, SP, Brasil)

Neruda, Pablo, 1904-1973
  20 poemas de vida e um sino quebrado = 20 poemas de vida y una campana rota / Pablo Neruda ; tradução Affonso Romano de Sant'Anna. – São Paulo : Global Editora, 2023.

  Edição bilíngue: português/espanhol.
  ISBN 978-65-5612-425-4

  1. Poesia chilena I. Título. II. Título: 20 poemas de vida y una campana rota.

22-138042   CDD-C861

Índices para catálogo sistemático:
1. Poesia : Literatura chilena   C861

Cibele Maria Dias - Bibliotecária - CRB-8/9427

Obra atualizada conforme o
NOVO ACORDO ORTOGRÁFICO DA LÍNGUA PORTUGUESA

Global Editora e Distribuidora Ltda.
Rua Pirapitingui, 111 – Liberdade
CEP 01508-020 – São Paulo – SP
Tel.: (11) 3277-7999
e-mail: global@globaleditora.com.br

globaleditora.com.br   @globaleditora
/globaleditora   @globaleditora
/globaleditora   /globaleditora
blog.grupoeditorialglobal.com.br

Direitos reservados.
Colabore com a produção científica e cultural.
Proibida a reprodução total ou parcial desta
obra sem a autorização do editor.

Nº de Catálogo: **3993**

Impresso por :

Graphium
gráfica e editora

Tel.:11 2769-9056